終於找到回家的心

曾美玲 著

曾美玲詩集

蕭蕭序

我不在家

一位三十多歲的朋友興致勃勃跟學生一起上篆刻課，有時在系辦看見她的半成品，堅硬的石頭被四片小木條夾緊，石面上已有灰黑的線條，約略可以辨識字跡，哇，真神奇，還不到一學期就已經有模有樣了，我轉著半成品跟她這樣說。

「周邊應該留下的框線，常常被我刻壞了！」

「那框線是必要的嗎？」

「對初學者來說，是必要的。」

「喔，那是一種規矩吧！」

雖然我不懂金石、篆刻，但每次看到印章四周的框線，很多人都可以掌握住線條的筆直與勻稱，總是佩服篆刻高手這種功力。就一個初學者而言，如果能在這四圍線條表現刻功，將線拉得直而瘦細，將轉折處顯現得方方正正，有稜有角，手勁就已值得稱述了。不過，也就因為每顆印章都這樣循規蹈矩，這樣恪守師徒世世代代沿襲下來的成規，我們反而忽略了這種基本功，彷彿印章生成就應該這樣。當然，我們的注意力都會集中在框線內的字，通常那是自己的姓名，「我」的具體代表，一種「承諾」、「信守」的力量。

真正篆刻的藝術工作者，絕不等同於刻印章的師父，刻印章師父重視的是技藝，獲得的讚譽是「巧匠」；篆刻家卻重視生命的體驗、人格器度的修持，往往濃縮而為幾個字，鐫刻在石彷彿銘記在心，譬如「上善若水」大家都熟知的老子的教示，或者大家不一定熟悉的「樸雖小天下莫能臣也」，諧趣時如「不為無益之事何以遣有涯之生」，長一點的「勸君更盡一杯酒與爾同銷萬古愁」，或者「縱心物外」、「與誰共坐明月清風我」的瀟灑，甚至於佛教經典語「應無所住而生其心」，改寫的對聯：「風調水順體泰心安」，往往令人會心一笑的同時，恍然若有所悟。所謂「匠心獨運」指的應該就是這樣的篆刻家，既有精湛的刻工合乎「匠」字，又有虔誠面對世界的開悟的「心」，可以是自成一家的「獨」門絕技，又能具備「運」斤用斧的格局與氣魄。

在我擔任香港大學駐校作家回國後，初學篆刻的這位朋友送我一顆原石，上篆「我不在家」。當時心中一凜，這麼白的一句話，不能貼在門口，免得小偷覬覦；不能存放在答錄機上，否則下一句鐵定是毫無創意的「請留話」。這樣直率的話應該向誰說，說了他會如何震撼，或者無動於衷？

「我不在家」，那我應該在哪裡？家，除了是親人共同生活的地方，還可能有別的含意嗎？譬如說，一個流派，或者一個修行的所在，一個可以放心的地方，「我不在家」，所以我在嘗試、我在接受考驗，沒錯，「我在路上」，可能是回家的路，卻也可能是在奔赴理想的旅程中。《世說新語．任誕篇》說到王徽之（子猷）住在山陰（浙江紹興）時，雪夜中醒來，喝酒，四望皎然（好一個四望皎然），因而在室內徘徊，吟誦左思的〈招隱詩〉，忽然想起隱居在剡溪（浙江嵊縣南方）、被稱為通隱（曠達的隱士）的戴逵（安道），雖然「巖穴無結構」，但「丘中有鳴琴」，雖然「荒塗橫古今」，但值得「杖策招隱士」，所以即刻夜乘小船前往，經過整整一晚才到，但子猷到了戴家門口卻又不向前叩門就回頭了，他說「乘興而行，興盡而返，何必見戴？」王子猷確實是「我不在家」，「我就在乘興而行的快樂中」最好的例子。同時，他也把戴安道當做「我不在家」的人，是的，戴不一定要在家，而我已來過，人生際遇，不就是這樣？這，也就夠了！

「我不在家」，這位三十出頭、送我石頭的朋友，到底要我領會什麼？

有趣的是，就在那幾天我卻接到詩人曾美玲的新詩集《終於找到回家的心》，換句話說，長期生活在家鄉虎尾的詩人，也有著「不在家」的感覺？那一顆「回家的心」又會是什麼樣的心，她如何找到，她會如何告訴我回家的途徑？

我急急打開曾美玲的詩集，設想這部詩集應該有一首主題詩〈終於找到回家的心〉，遍尋卻無著，詩集分六輯，六輯的輯名中沒有她，全部七十多首詩中搜尋不到這個題目的詩作。一般詩集的書名總以詩人最得意的一首詩為顏為額，至少也以某一專輯的輯名為書名，《終於找到回家的心》似乎不是這樣。這時，我靜下心來打開詩集閱讀，第一首詩〈雨中靜思〉，分成兩節，第一節寫「一場大雨驟然落下／各色大小傘花／擎起或輕薄或沉重的夢／在午後的街道上／流浪」。詩人在下雨時靜靜看著雨中行人，撐著傘，感受到那是不同的夢在流浪，眾多的人、眾多的心不在家。這是一種悲憫，悲憫流浪的夢何時回到自己的港灣——可以依賴的、溫暖的肩膀。

接著往下讀第二節，卻讓我心眼一亮，遍尋不著的「終於找到回家的心」終於找到了：

終於找到回家的
心，大雨過後
街道流成一條

清明的河流
帶走千萬噸虛無的慾望

家，一個可以安頓身心的所在，曾美玲所要找的「回家的心」：祛除了慾望，清明的心就是一顆可以回家的心。那樣的心，需要一陣大雨，沖刷虛無、沖刷慾望、沖刷汙穢，留下清明，有著清風之清、明月之明的清明，可以安頓身心。

《終於找到回家的心》是在一開始的第一首詩就揭示了這樣的清明上好之河，順著清明無慾望的河，那麼容易就找到回家的途徑。如果繼續讀這本詩集，沿著詩人的悲憫之心，即使「我不在家」，不也就是永遠「在家」嗎？即使他不在家，我心清而明，仍然與靜幽的明月清風相呼應。

洪淑苓序

詩，這條路——序曾美玲詩集《終於找到回家的心》

多年前，我曾為美玲的詩集《囚禁的陽光》寫過書評，那時就覺得曾美玲的詩非常溫暖，詩中總是透露她對周遭人、事、物的關心，也不斷省思自己的創作歷程；是個值得肯定的詩人作家。現在曾美玲又有新的詩集問世，我就權充一個有幸先行閱覽的讀者，和曾美玲聊一聊寫詩的種種。

這本詩集中，仍然維持曾美玲對現實世界的關懷。譬如〈當炸彈像大雨灑落——致塞拉耶佛大提琴手〉，寫的是一九九二年五月二十七日，塞拉耶佛發生爆炸案，大提琴家維卓・史麥洛維奇在炸彈坑旁為傷亡者演奏的事。這個新聞很令人鼻酸，因為炸彈的掉落處是一處麵包店前，而飢餓的人民正在排隊，等待領取麵包店發送的麵包。這災難的現場想必是血肉橫飛，慘不忍睹，但曾美玲卻不取這個「熱點」，反而抓住事件的側面，也就是以大提琴家為焦點，寫出琴聲撫慰人心的情景。這充分說明了詩人和新聞記者不同，記者要的是聳動的影音，而詩人要傳達的是敦厚的用心。

類似的書寫，譬如寫六輕大火、八七水災、汶川大地震，以及二〇一〇年三月十一日的日本東北大地震等，都是採取了十分溫柔敦厚的觀點，不以控訴為聲調，反而是諒解、撫慰與祈福的話語，在在拓展了「災難書寫」的模式，是頗為突出的表現。

曾美玲對女兒的關愛，並把它化為筆下的詩篇，也是我很欣賞的一點。在這本詩集中，〈披頭四與蘇打綠——女兒的越洋電話〉、〈Skype——給遠在英國的女兒〉等作品，正是這類佳構。女性主義者常在探討母與女之間的關係，究竟是複製與親暱，還是矛盾與叛離；在曾美玲詩中，母女親密的情感，卻是「母女同心」最好的證明！我想家有女兒的人看了都會很有感觸，而沒有女兒的，恐怕就只能羨慕了。

這本詩集書名叫「終於找到回家的心」，曾美玲說是回歸自然的心，我覺得也可以說是找到一條「詩路」，用詩人的眼光看萬物，用詩人的心情接觸世界，是一條綴滿詩的意象的心靈之路。就像〈秋葉〉詩中所說「照見真實的自我／寂寞知足如一行幽靜的詩」，也像〈寫給時間的情詩〉詩中的發現，時間原來棲息在「載滿人間悲欣／濃縮成血淚的／詩」，詩，這個字、這條路，都將是每一個詩人無悔的路程，雖然寂寞的時候比較多，但是當詩人以靈動的文字為世間增添溫暖與睿智之言，那就是詩人對世界最好的頌讚了。

最後，恭喜曾美玲出版第五本詩集。我們一直是「以詩會友」，幾乎沒有正式見面交談。詩，是我們共通的密碼；詩，這條路，也將是我們會持續前進的道路。

目次

第二輯　相對論三十首

目次

第三輯 當炸彈像大雨灑落 89

第四輯　種樹　117

第五輯　披頭四與蘇打綠　139

第一輯

雨中靜思

雨中靜思

（一）

一場大雨驟然落下
各色大小傘花
擎起或輕薄或沉重的夢
在午後的街道上
流浪

（二）

終於找到回家的
心，大雨過後
街道流成一條
清明的河流
帶走千萬噸虛無的慾望

二〇一〇・八・二十五

為什麼繼續寫詩

在這個詩人被遺忘的年代
有時候，我會懷疑
為什麼繼續寫詩？
喧嘩的白晝，當我俯視
一株小草，奮力
挺直細瘦腰桿
迎向現實風雨
彷彿高聲地宣告
存在的價值

在這個理想被漠視的年代
有時候，我會懷疑
為什麼堅持信念？
無眠的子夜，當我仰望
一顆孤星，堅定
綻放微弱光芒
指引迷路的心
好像清楚地回答
生命的疑惑

二〇一〇·五·十八

不知隔了多久

不知隔了多久
沒有到田野散步
嗅嗅泥土芬芳的氣息
咀嚼稻穗甜熟的滋味
抓起一把螢火蟲閃爍回憶
填補心靈的荒蕪

不知隔了多久
沒有到天空旅行
尋覓失蹤的青鳥

拾回童話的歌聲
偷偷加入星星們瘋狂的
遊戲，枕著冰涼月光
寫溢滿美麗
哀愁的詩

不知隔了多久
沒有到山上流浪
邂逅清晨翠綠的鳥啼
詠嘆落日不朽的告別
把紅花比夢璀璨比焰火
熱烈的心跳
牢牢鎖進
遺忘的日記本

不知隔了多久
沒有到海邊沉思
遙望遠行的船隻，如何
穿越狂暴巨浪穿越
起伏的命運
壯闊那日益萎縮
航行萬里的心
不知隔了多久

日落

告別燦爛一生
什麼也不想說

只是來回撫摸著
智慧的金鬍鬚
寫回憶的詩

二〇〇九．九

人生四季

浪漫多情的春風早已遠行
意氣風發的夏日迅速退場
秋風瀟灑來去，比夢更輕更短促
冬雪呢？怎麼遍尋不著？

原來潛入紙張
子夜無聲的嘆息
穿梭前世今生憾恨驚喜
終於長眠
雪白的詩句裡

二〇一〇．一．二十九

如果

如果你問我
年少時偷偷懷抱
比星光燦爛的
夢，是否依舊燃燒？

如果希望的小鳥
自棲息的靈魂深處
飛走，再也聽不見
紅色的歌聲

如果夢想完全熄滅
中年以後，不再流著
熱淚，寫感動的詩

我將一無所有地
存在，扛著遺憾的嘆息
冷冷走向
深秋的黃昏

二〇一〇．一〇．二十

短詩四首

（一）心事

昨晚，苦澀的心事
走進夢中
脫掉甜美的衣裳
赤裸裸地
痛哭

（二）彩虹

縱然只是
短暫停留

寂寞的詩行間
永遠居住
妳花般的倩影

（二）人生

億萬年過去了
哲人啊！你費心收集
那一道一道又一道
人生的難題
是否還在等待
風的推敲
雲之探索
流水簡單的回答

（四）禱告

祈禱時
一雙仁慈的手
替我搬離
壓迫胸口
萬噸的憂思

窒息的靈魂
輕鬆地
呼吸

二〇〇八．十二．十四

虎尾小鎮

（一）糖廠

忙碌的煙囪早已打烊
幾隻雀鳥閒聊著
昔日繁華榮景
空氣裏仍流連
蔗糖的甜味母親的飯香

恍惚中，一群嬉鬧的孩童
追著小火車童話的節奏

追著早起太陽單純的願望奔跑
鐵橋下，烤地瓜捉青蛙釣魚蝦
笑聲搖醒夏日午後
沉睡的天空

（二）布袋戲館

騎著回憶的快馬
穿越時光隧道
在陌生又熟悉的舞台上
史艷文、藏鏡人、怪老子、苦海女神龍
重新轟動武林驚動萬教

當年瘋布袋戲的小孩
驚喜重逢

不老的布偶們
掏出思念的心
和闊別數十載的童年
甜蜜話舊

（二）肉圓攤

這家小小攤位
四十三年來
一代販賣一代
Q軟美味的肉圓
淋上獨家醬汁
甜辣著鎮民的胃

異地打拼的遊子
夢裡，經常搜尋
老店的記憶
一粒咀嚼一粒
纏綿的鄉愁

二〇一一·六·七

印象溪頭

之一

整座森林的美夢
被一大早吵個不停的
雀鳥，打斷

之二

大學池畔
坐著一對銀髮夫妻
午餐後，啜飲石桌上

剛沖泡的茶，以及
滿池綠意

之三

在遊客拍照最熱門的
神木背後，我卻聽見
一絲絲，發自靈魂深處
蒼涼的
嘆息

之四

天空走廊上
過去只能仰望

巨人般的冷杉
突然走近身旁
和我們話家常

之五

黃昏一支雨的搖籃曲
將整座森林牽進
靜謐的夢

二〇一〇．五．二十三

旅行

拋開煩憂堆疊的人生
再度旅行
尋找更湛藍的天空
更寬闊的海洋

這回，不要背負
灰色行囊，徒勞
塞滿嘆息和憂傷
也不再流淌軟弱
傷感的淚水

為一朵早凋的玫瑰
為一片易逝的晚霞

我要學習那群
白色水鳥
無拘無束嬉戲
沿著河岸悠閒的午後
自在飛翔，也要搭乘
夢想的小船
勇敢劃破
困惑的大海
向金色彼岸……

二〇〇九．七．七

曾經

有人邀我寫一首
關於花的詩
這原是熱愛的主題
曾經，花是生命中
沉默的星星
歌唱的精靈
不知何時，紛紛從詩行間
夢境裡潛逃
黯淡的現實
蒼白的稿紙

日日夜夜
呼喊著
一個芬芳的名字
一段不凋的記憶……

二〇一〇．十一．二十八

味道

人生宴席上
我嚐過截然不同之味道
成功的味道勝過
陳年釀造的美酒
世人和你舉杯慶賀
歡笑共享勝利果實

唯失敗這杯苦酒
你得獨自啜飲
或許摻雜傷心淚水

加上增長的智慧
在無數個清醒子夜
邀唯一月亮知音
對飲

二〇一〇．十一．二十五

秋葉

懸著一顆
等候的心
回顧生命的旅程
風風雨雨，走遍
酸甜澀苦，嚐盡
轟轟烈烈
愛過恨過哭過笑過
尋尋覓覓
飛過舞過夢過詩過

駐立明鏡般
深秋的湖畔
照見真實的自我
寂寞知足如一行幽靜的詩
只願耐心等待
墜落前
晨曦熱情的
擁抱

二〇〇八・七・二十四

香水百合

藏身花瓶
含羞沉默的百合
一夕之間，熱烈綻放
芬芳願望

像那嚮往飛翔的
心，勇敢拍動雙翼
穿越現實風雨
在夢想的天空

把滿腔豪情
揮灑

二〇一一．六．七

寫給時間的情詩

往後看
青春漸行漸遠
向前看
黃昏愈靠愈近
雲霧徘徊的交叉路口
你總是耐心守候
點亮一盞
暖暖的愛

其實，你從未離我
遠行，僅默默棲身
模糊的舊照片
遺忘的老情歌
瘋狂的日記本
載滿人間悲欣
濃縮成血淚的
詩

也不知多少次了
飛越前世今生
認真拼湊你的容顏
流淚呼喊你的名字
直到那一天，迷路的

靈魂，被一雙大手
熱情牽引
瞬間，醒悟
永生的召喚裏

二〇〇九．三．八

第二輯

相對論三十首

城市和鄉村

天真的牧童
夢想城市七彩霓虹
滄桑的旅人
懷念鄉村綠色蛙鳴

長信與簡訊

把相思鋪陳
揮灑滴盡淚水的長信
將愛意濃縮
傳送溢滿笑聲的簡訊

陽光與陰影

負荷沉重淚水
陰影沉溺悲傷的回憶
綻放輕鬆笑靨
陽光彩繪歡欣的夢境

搖籃與墳墓

扛起一大袋朝陽的祝福
從搖籃走來
背著滿籮筐夕陽的回憶
向墳墓歸去

二〇〇八・十二・十三

星星

捕捉刹那間靈思
傾訴億萬年寂寞
浩瀚如海的夜空裡
獨釣宇宙蒼茫

月亮

圓潤笑靨
溫暖遊子歸鄉的夢
清瘦嘆息
淒涼戀人離別的淚

太陽

白晝喧鬧的舞台上
忘我歌舞
向晚安靜的被窩裡
清醒回憶

風

相聚的剎那時光
喃喃低語滿腹情語
分離的漫長歲月
淒淒吟唱一腔悲歌

花

遲遲送走糾纏愛恨的前世
含淚降生
匆匆留下交織悲歡的今生
微笑告別

雨

時而哼唱小溪流搖籃曲
陪伴著嬰孩甜蜜的夢
時而演奏大海洋交響樂
擁抱著成人憂傷的心

雪

看不清似有若無
謎樣世界
抓不牢載浮載沉
現實人生

二〇〇八．十．九

時間

像背負使命的風
騎著快馬拼命地衝
像滿載回憶的雲
搭乘小舟自在地搖

小草

挺直腰桿
迎向風雨鞭笞的青春
俯首沉思
沐浴夕陽祝禱的晚年

舞台劇

台上的演員
瘋狂演出別人的故事
台下的觀眾
清醒觀看自己的人生

二〇〇八・四・七

寂寞與溫暖

擁擠在現實世界
寂寞冷冷侵襲
閃躲到詩歌天地
溫暖團團圍繞

虛幻與真實

告別短暫盛宴
人生似一場虛幻的夢境
奔向永恆歸宿
死亡是一趟真實的旅程

樂觀與悲觀

一朵悲觀的雲
負載沉重淚珠
一群樂觀的風
散播輕鬆笑語

苦難與喜樂

長期背負苦難的十字架
匍匐穿越荊棘叢生的荒原
仰頭聆聽上帝甘泉的祝福
瞬間抵達喜樂的新天堂

二〇〇九・十一・二

相聚與別離

人生是一道道佳餚
何妨打開緊閉的心
愉悅品嚐
相聚的笑靨離別的眼淚

飛鳥與游魚

不再嚮往天上飛鳥
池裏游魚快樂嬉戲
不再羨慕池裏游魚
天上飛鳥大膽逐夢

流浪與守候

流浪數十年
小鳥思念老樹的沉默
守候一世紀
老樹收藏小鳥的歌聲

紅花與綠樹

紅花微笑
散播溫暖香氣
綠樹招手
高舉清涼蔽蔭

二〇一〇．三

忙碌與悠閒

日夜不停工作
忙碌的螞蟻啊
何妨停下腳步
變成一朵悠閒的雲

迷霧與明月

心中團團迷霧
始終無法看透
直到一輪明月
高掛無眠的夏夜

變幻與不朽

歡呼朝陽的登台
讚嘆落日的謝幕
世界是一座變幻的舞台
人生是一齣不朽的戲劇

小舟與大海

滿載歡笑與傷痕
疲憊地靠岸
思念的小舟啊
多少陌生的大海你走過

理性與熱情

胸口的太陽
燃燒熱情火焰
腦海的星星
暗藏理性微光

遺忘與牢記

遺忘離別的眼淚
牢記相聚的笑語
人生如此短促
何妨舉杯高歌

二〇一〇·八·二十五

慾望與靈思

扛起千噸慾望
在現實人生跌跌撞撞
揮灑萬畝靈思
在幻想天地載歌載舞

二〇一一·二

虛假與天真

露出虛假的笑容
世人在烈日中吶喊
流下天真的眼淚
詩人在星空下獨白

二〇一一・四

第三輯

當炸彈像大雨灑落

當炸彈像大雨灑落

——致塞拉耶佛大提琴手

當炸彈像大雨灑落
在廢墟中，穿戴整齊
您優雅的坐下
以天堂的頌歌
抵擋四面八方襲來
死亡陰影

一聲聲莊嚴祝禱
安息來不及告別的哀魂

一句句衷心祝福
撫慰瞬間失去至愛
墜落絕望深淵
生靈的悲傷

當炸彈像大雨灑落
在廢墟中，那永不停歇的琴聲
像一群希望的白鳥
奮力張開光之翅翼
飛越苦難人間
在血淚書寫的史籍裏
溫暖地迴盪
溫暖地迴盪……

二〇一一・六・九

後記：一九九二年五月二十七日，在塞拉耶佛，一顆砲彈直落在一長排正在等待麵包店發送麵包的飢民身上，炸死二十二人。目睹窗外大屠殺，大提琴家維卓・史麥洛維奇穿上正式禮服，在彈坑旁演奏感人樂曲。一連二十二天，雖然炮火不斷，他卻毫髮無傷。

水稻的悲歌
——六輕大火之後，寫給故鄉雲林

我來唱一首歌
一首生命的悲歌
如果您願意，請
駐足凝聽

我們出生的地方
原本是一塊美麗的淨土
幾百年來，世世代代
健康活潑地成長

不起眼的我們
默默餵養整座島嶼
飢餓的肚子
以圓熟香甜的米粒
以和諧幸福的歌聲

不料工廠廢氣
燻黑翠綠的農田
爆炸大火
毀滅茁壯的願望
流淌無助淚水，心碎的農民
捧著奄奄一息的我們
多年血汗瞬間化作
灰燼

如果願意，請您駐足吧
聽我唱一首歌
一首生存的哀歌
以最後一絲微弱的氣息

二〇一〇·八·二十五

我的家，在山的那一邊

——記八八水災

我的家，在山的那一邊
那裏，曾經奔跑著
清澈的溪流
族人嘹亮的歌聲
日夜迴盪在
青翠的山脈間

那裏，不時傳誦著
浪漫愛情神話

英勇少年如何擄獲
美麗女孩比月色羞怯
迷濛的心

我的家，在山的那一邊
那裏，原本居住著
親愛的家人
——爺爺奶奶關切的慈顏
爸爸媽媽耕種的身影
弟弟妹妹嬉戲的笑語
還有村子裏，相互照應
熱愛生活的族人

二〇〇九年八月八日
那一天，不知何故
天空突然大發雷霆
先派狂風再遣暴雨
無情摧毀
祖先們一磚一瓦辛苦建立
溫暖安穩的家園
狠心吞沒，正在安睡
成千上百，無辜的生靈啊！

多麼希望，這只是
一幕比災難片更逼真
荒謬的戲
也只是一場比惡夢

更短暫的夢
而流乾淚水的眼睛
深切地盼望，有一天
再見如詩如畫的家園
虔誠的祈禱，有一天
重溫思念的歌聲
找到回家的道路

我的家，在山的那一邊

二〇〇九．九

最後的簡訊

親愛的寶貝
媽媽要和妳永別了
在這片死神守候的廢墟裡
用盡殘存的力氣滿分的愛
讓我最後一次，緊緊擁抱
妳溫熱的呼吸安靜的睡眠

媽媽原本夢想
牽著妳的小手
從牙牙學語、跌跌撞撞

到走出人生的第一步
耐心聆聽妳吱吱喳喳
飛滿麻雀的童年
仔細收藏妳神采飛揚
飄盪音符的青春

也曾夢想，有一天
為你披上新娘的嫁衣
一邊流下不捨的眼淚
一邊獻上祝福的歌聲
像天下的媽媽，一樣
懷抱著平凡的願望
幸福的憧憬

親愛的寶貝
媽媽要和妳永別了
沉重如山的磚塊
壓垮了我的背脊
尖銳似刀的瓦礫
刺穿了我的心跳
但媽媽守護著妳不會害怕退縮
只要你平安，活著
一定要記住「我愛妳」

二〇〇八．五

後記：二〇〇八年五月十二日四川大地震發生後，據報導，救援人員在北川縣一處倒塌的廢墟中發現一位已罹難的母親，弓著背，以身體擋住坍牆，犧牲生命保住她才三、四個月大的女兒。女嬰毫髮無傷。隨行的醫生發現包裹她的被子裡留著一隻手機，屏幕上面已寫好一則簡訊：親愛的寶貝，如果妳能活著，一定要記住我愛妳。讀之甚為感動。

新聞剪影
——二〇一一年三月十一日日本東北大地震記事

（一）

一對老夫婦
回到被地震震倒
海嘯沖毀的家
苦苦找尋失蹤愛子
一聲聲焦急的呼喚
迴盪在死寂的斷垣殘壁間

一行行悲傷的眼淚
滴落在淒寒的無情荒地上

（二）

九歲小弟弟
高舉一張尋人啟事
稚嫩地寫下奶奶、爸爸、媽媽
堂兄弟的名姓，日復一日
徘徊災民收容所
耐心地尋找
被海嘯沖散的幸福

（三）

挨餓受凍多日
沾滿污泥的黃狗
仍使出渾身力氣
引領救難人員
搶先拯救重傷的白狗
且不時伸出前肢，撫摸著
倒地的同伴，彷彿在說：
「別怕，有我在」

（四）

一位老太太，在殘破的瓦礫堆
找到孫女的照片

一邊流淚
一邊思念天使的笑靨
庭院裏，一株為慶祝孫女誕生
種植的梅樹，正悄悄綻放
潔白的希望
勇敢的信念

（五）

「請好好活下去
我有好長一段時間不能回家」
傳完簡訊
福島第一核電廠員工
日以繼夜搶救隨時可能爆炸的
核子反應爐，願以個人生命

換取美麗家園，以及
億萬人的平安

二〇一一・三・二十五

消費券

最近我是島嶼最夯的
話題
在振興經濟的大戲裏
擔綱主演

正在放無薪假的爸爸
正為房租菜錢發愁的媽媽
找不到工作的哥哥姐姐
繳不出午餐費的弟弟妹妹
臉上暫時掛著一朵

幸福的微笑
夢裏夢外
淒涼地盤算
如何將三千六百元
超值消費

二〇〇八

跨年晚會

站在二〇〇八年告別舞台上
慎重地，我們獻上
溫暖如夢的歌聲
懺悔似雨的情話
從魔幻寫實的煙火秀裡
微笑謝幕

而當二〇〇九年第一道曙光
粉墨登場
我們暗自卸下

塗滿瘋狂囈語
偽裝的面具
將飄灑感恩與花香的禱詞
獻給地球，永遠的母親

二〇〇九．一．六

跨年煙火

看那暗夜裡
簇簇爆裂
刻上溫暖與祝禱
新生的火花

迅速驅散
襲人的寒氣
驅趕現實人生裡
踢不走的憂愁
走不出的陰影

歡喜點燃
幾近熄滅
胸中億萬朵
比煙火美麗勇敢
想飛的
願望

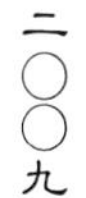

第四輯

種樹

種樹

——致詩人吳晟

日前從報紙讀到
您種植數千株樹苗
感召許多鄉親一起
種樹，今夏最清涼的
消息

想像您頂著炎炎日頭
踩著農人
樸實的腳步

在母親留傳下來
溢滿芬芳思念與回憶
故鄉寬厚的土地上
寫詩的手，同時握緊
辛勤的鋤頭
耐心種植
綠色的希望
日夜澆灌
島嶼的夢想

多麼希望，有一天
整座島嶼，紛紛
也握緊賣力的鋤頭
鋤去蔓生的雜草和私慾

鋤去糾葛的藤蔓與紛爭
鋤去人間殘存的不幸悲苦
在祖先傳承的土地上
種植一篇又一篇
不老的傳奇

而那時
千千萬萬島民和您
終將站成一株株
綠樹，濁水溪畔
把母親的歌謠
土地樸實的願望
一代接一代

溫厚地
傳誦

二〇〇八・十一・二十

秋訪

——訪蕭蕭老師和師母

一進客廳
牆壁上坐著
與王維論禪
清瘦的詩行
比白雲舒展
比流水悠閒
自得

閒話家常的同時
師母溫暖的笑容
夾帶牆角野薑花
自然清香
漸漸驅散，千絲萬縷
夜霧般纏繞
人間的煩憂牽絆

安息

——致文曉村老師

閉上眼
我又看見您
樸素的身影
像勤勞的園丁
在繆思的花園裏
撒播詩的種子
日日澆灌
青青詩苗
也像吟唱的歌鳥

背負血淚的詩行
飛越人間的憂傷
飛抵苦難的終站
願您安息
永恆的夢土上！

二〇〇七・十二・三十一

台灣阿嬤

——致陳樹菊女士

這一回，媒體終於不再炒作
首富撲朔的緋聞
巨星迷離的死因
追逐政客的口水名模的三圍
在平日比連續劇煽情比
戰爭暴力的
頭條新聞
我們清楚看見
菜市場陰暗角落

一個樸素身影
勤奮地販賣
一把把熱情的蔬菜
從清晨到夜晚

這一回，媒體終於大幅報導
平凡的台灣阿嬤
如何喚醒全世界昏睡的
良心，在孩子們潔白胸口
種植小小夢想
滌淨大人腦海烏雲般
巨大慾望，如何
不間斷付出
快樂地散播

一朵朵無私的愛心
從童年到老年

二〇一〇・五・五

告別麥可傑克森

一整天，電視新聞
反覆播放著
你驟然離世的消息
流著淚的粉絲
不忍責怪你
永遠的缺席
在期待多年
七月的演唱會上
或許，你終於擺脫
童年夢魘生命陰影

飛越小小地球巨大的
憂愁和寂寞
像童話裡的潘彼得
回到真正夢幻莊園
跳著永不衰老
月球漫步

而仍留在現實人間
和災難戰爭疾病勞苦對抗
千千萬萬的歌迷，也只能偶而
回到八〇年代
從你溫柔戰慄的歌聲
危險瘋狂的舞步
Black or White 超越種族

性別階級歧視的
平等願望
流著幸福的淚水
天真的齊聲合唱
"Heal the world"

二〇〇九·六·三十

後記：
1．"Heal the world"是麥可著名歌曲，歌詞提倡種族平等、拯救世界。經由麥可輕柔的嗓音詮釋，十分感動人心。
2．「戰慄」、「危險」、「Black or White」是麥可三張專輯名稱，為唱片史上最賣座的前三名專輯。

送行者

握緊的拳頭和憂愁
請放鬆，慢慢地
讓我以虔敬的心
脫下沾滿塵埃與
回憶，滄桑的舊衣
溫柔地擦拭眼角風霜
將人間層層束縛
解開

細勾慢描
讓我以禮讚的詩
認真妝扮最後容顏
塗抹陽光金粉
描繪幸福唇彩
在家人不捨淚光中
潔白地綻放，化作一朵
不凋的春天
一抹永恆的
笑靨

最後讓我以祝禱的歌
和您的今生，握別
請聆聽，至愛

懺悔似雨的告白
請攜帶，了無牽掛
雲遊八方的心
愉悅遠行

二〇〇九・三・二十三

凝望

——觀德國畫家 Caspar David Friedrich
名畫「窗邊女子」

太陽甦醒前
妳早已梳洗完畢
繫上單調的圍裙
握緊忙碌的掃帚
匆匆趕赴
家事的戰場

洗不停的碗筷與歲月
搓不盡的衣物及心事
理不清糾結的思緒
抬眼撞見
一角藍天，昇起
沉沒的歲月
思念的嘴角
掛著一抹悲傷的斜陽
寂寞的眼睛
淡淡飄逝
負載夢想與詩
金色的雲影

久久站立
恍惚中走進畫作
從清晨到黃昏
從古代到現代
依依凝望
自由的天空

二〇〇八・四・七

第五輯

披頭四與蘇打綠

披頭四與蘇打綠

——女兒的越洋電話

「我在利物浦
披頭四的故鄉
披頭四的歌聲，在大街
小巷，穿梭」女兒激動的說
耳畔頓然響起
Let it be 懷舊的曲調

「蘇打綠樂團獲邀
音樂節演唱

搭了三小時的火車
今晚，我們會在台下尖叫
為台灣加油！」女兒更激動地說
眼前聚集一群黃皮膚
留學生，在一座孕育搖滾樂
滿載光榮昨日金色回憶
異國的城市
耳朵縈繞yesterday
心中溢滿小情歌
把對故鄉的愛化作
掏心的聆聽，化作滿分的
喝采，或許，流成兩行
思念的熱淚

久久不願
擦拭

二〇一〇・五・二十六

Skype

——給遠在英國的女兒

每晚，我們都會見面
在Skype上，迅速交換
別後消息，聽妳訴說
異國留學的甘苦

那時，妳已打理好
一個人的午餐：
土司夾蛋、咖哩飯、pizza
或是滿溢家鄉味

熱騰騰雞腿麵
好懷念家鄉的食物
回國後要狠狠吃遍，妳說
昨晚熬夜寫報告
下禮拜進行小組討論
不方便用Skype
但我會打電話報平安

窗外一直飄著雪花
寒假結束前幾天，妳說
許多人，走在結冰的湖上
今晨，有人宿舍外堆雪人
笑鬧聲吵醒了好不容易
睡熟的夢以及鄉愁

而每晚，我們都會見面
在Skype上
也在載滿掛念和祝福
我好不容易熟睡的夢境裏

二〇一〇・一・二十八

給親愛的主人

——小松鼠Issac的告白

親愛的主人
那天，我們相遇
在春天拜訪的校園裏
妳輕輕抱起從樹上摔落
身受重傷，奄奄一息
剛出生的我
為我療傷敷藥
像溫柔的媽媽
以吸管一小口一小口

耐心地餵奶
從清晨到夜晚
從不間斷的愛
痊癒了我，幸福著我

親愛的主人
謝謝無微不至的呵護
我會永遠記得
妳比陽光溫暖的擁抱
比春風輕柔的撫觸
懷念牛奶的香醇蘋果的滋味
懷念天使的笑容慈母的叮嚀
以及偷偷在被窩裡對我說

大大小小，生活中無法逃避的
煩憂和驚喜

親愛的主人
不要哭
擦乾傷心的淚水
此刻，我已飛向
上帝的家
快樂地玩耍
像以前一樣
也會在那裏
為妳禱告

永遠關心著妳
永遠守護著妳

二〇〇九．九．九

後記：小松鼠Issac是我就讀清大的女兒語儂今年四月初在校園裏發現的，當時剛出生不久的牠深受重傷。語儂以極大的愛心耐心照顧牠，不料九月七日因意外死去。

上山

週末午後
拋掉現實生活
和各自忙碌的家人
搖擺悠閒的心
上山

糾纏的俗事
隨腳邊雲霧遠行
泡一壺迷濛秋色
笑談間，石桌上一碟碟

老字號花生米
古早味黑糖糕
喚回失散的
幸福

二〇一〇・四・二十六

童年

（一）蟬

夏日午後
老榕樹下
空氣靜悄悄
世界靜悄悄
什麼也沒發生

除了打瞌睡的童年
被第一句蟬唱
鬧醒

（二）棒球與花

操場上打球的小男生
揮出一支一支
清脆的夢

院子裡種花的小女孩
收割一束一束
耐讀的詩

（二）月亮

小時候
不懂得寫詩
許多秘密
說給你聽

像守護的仙女
面帶微笑
梳理朦朧的夢

二〇〇九．二．二十八

種花

小時候
在老家門前的空地上
種植許多花木
細心澆灌擇期施肥
夜夜夢裏擔憂著
突襲的風雨
牽掛花兒的成長

長大後，現實的巨浪
幾乎淹沒芬芳的往事

每逢星空特別燦爛的深夜
熟悉的香氣縷縷自記憶的
花園，飄出
我又變回種花的女孩
老家的空地變成一畝
綠色的稿紙，植滿一行行
思念的詩

二〇一〇．五．二十八

螢火蟲

親愛的，只想悄悄告訴你
世俗的榮耀
璀璨的寶石
全都比不上，那個夏夜
我倆手牽手
在黑暗的山上，摸索

剎那間
幸福宣言

真愛密碼
閃閃，爍爍

二〇〇八・十一・十六

情人節

多久了？沒有像今天
並肩坐在黃昏的淡水河畔
耳際輕拂海風的歌
驚嘆雨後天空
成對的虹霓

多久了？沒有像今夕
牽手走進金色的幻夢
像一對熱戀的情人

二〇一〇·八·二十五

第六輯

聖誕四重奏

春之序曲

某個三月的早晨
小徑兩旁，甦醒的
羊蹄甲，踮著腳尖
像尋夢的芭蕾舞者
正優雅的舞出
春之序曲

樹下，一群專注的
女學生，害羞、愛笑
斜倚著夢

低頭交換
千千萬萬朵
粉紅色
祕密日記

某個三月的早晨
白霧攜來
淡淡憂愁
走在鋪滿落花心事
瘦瘦的小徑上
想起即將報到的
風雨

忍不住牽掛
花兒們比詩燦爛
比夢短暫的
一生

二〇一一．四

夏雨

起初是轟隆轟隆
咆哮的鼓聲
毫無預警地闖入
昏睡的耳
急促敲打
輕薄的夢
緊接著嘩啦啦吹響
一排排金燦燦銅管
猶勝街頭慶典
歡樂的序曲

午後大地
一場即興演湊
囚禁的心隨奔放的旋律
清澈的音符
釋放

二〇〇九・四・十四

獅子座

獨自
站立峯頂
接受群星
熱烈歡呼

無意中瞥見
那燦如白晝的
笑容，背後
比黑夜還深的
寂寞

二〇〇九．四．十四

兩團火

兩團火，原本
相互依靠
擁抱人生的
蒼涼
分享寂寞

奈何
變成了燃燒
憤恨偏見

相互折磨
痛苦之火

而今
不敢彼此靠近
怕傷口太燙
往事太沉重
只能熄滅熱情
冷卻思念
化作回憶的
煙

二〇〇八・八・二十八

從來不知道

從來不知道
喝咖啡會醉
直到那一天
坐在河畔咖啡館內

也許醉人的，不是咖啡
是黃昏太濃
河水太溫柔
是夜色張開
情人的臂彎

輕聲地呼喚
輕聲地呼喚

二〇一〇・二・十

煩惱

將心牢牢綑綁
一條無形
沉重的
鎖鍊

千遍萬遍
空虛吶喊
絕望呻吟
波濤般撞擊
脆弱如薄冰的

耳，迷路的靈魂
自人間失足墜落
黑暗統轄地獄深淵

智慧是乍現的
曙光，擊碎陰霾
將愛恨嗔癡
逐日掃除
慈悲解開
心的枷鎖

二〇〇八．九．二十五

儀式

有時，好想大哭一場
進行一場儀式
莊嚴而輕鬆
獨自一人，或邀
明月觀禮

在月光溫柔的見證下
解開沾染塵埃和滄桑
厚重的外表，再脫掉
刻意隱藏，有時

自己也看不清
必要與非必要，清醒或荒謬
巨大的虛無和陰影
讓赤裸的靈魂
痛快地流淚

儀式終告完成
在月光擁抱裡
明天過後，我知道
現實的衣裳
仍得一一穿上，勇敢走回喧囂的人間

二〇一一．四．四

聖誕四重奏

（一）聖誕樹

就像創造一首首
別出心裁的
詩，讓我們佈置
與眾不同的聖誕樹吧

裝飾平淡的日子
裝飾明日的夢

（二）聖誕歌

課堂上，我說
這一堂，不上進度
我們來唱
英文聖誕歌

歡呼聲後面
我看見比花朵
燦爛的笑容
也聽見，比天使
純潔的歌聲

（二）聖誕老人

小孩們好奇地問：
「老公公啊
您的背袋裏
除了禮物，
還裝著什麼？」
老公公回答：
「除了禮物
還是禮物啊
但我偷偷把
上帝的愛和祝福
藏在禮物裏
一起送給你們呢！」

（四）聖誕紅

冬日黃昏
塗抹灰暗與寂寥
孤零零的街道上
天空飄落雨絲們
淒涼的心事

轉角處
燃燒著
團團救贖的火焰
指引徬徨的眼睛
天堂的路

二〇〇八．十二．二十五

驚嘆號的Party

——給我的學生們

這一回，沒有攜帶課本
毋須抱緊講義或考卷
這一回，踩著思念的腳步
忐忑走進闊別多日的教室
萌生一股衝動
拿起習慣的麥克風
再上一堂課，專屬我們班
飄滿歌聲、笑靨、金色的陽光

這一回，在美麗裝扮的教室裏
掛滿星星願望燦爛的心
逗趣遊戲，感性誦詩
影片中請蟬聲伴奏
盛夏之告白
學長姐獻花的驚喜……
我又笑又哭，無法停止

親愛的孩子，謝謝你們
一百分創意，二百分用心
還有，還有那一束束緊裹著
祝福與愛
驚嘆號的詩！

二〇一一・八・十八

後記：我已於今年（一百年）夏天自教職退休。同事和學生紛紛表達不捨，卻也獻上溫暖的祝福。在我生日當天，他們為我辦了很感人的party，每一位學生又都寫了美麗的詩送給我。他們的熱情與用心，令我萬分感動，謹以此詩相贈。

《終於找到回家的心》後記

曾美玲

《終於找到回家的心》是我的第五本詩集。而我也終於在經過反覆思索後，很不捨地向長達二十九年，我曾經非常投入的教書生涯告別，盼望這顆流浪多年的心，回家休息沉澱後，再度出發，以永不熄滅的熱情與愛，灌溉長久以來，因繁忙的教學工作，相對較為疏忽的詩歌花園。

這一本詩集收錄我最近三年半來，在各詩刊、報刊發表的詩作共七十六首。我仍依主題分成六輯。第一輯「雨中靜思」，大部分是我與大自然的互動，從觀察日出日落，四季變化、永恆山水等，擷取的寶貴靈思與感悟。在我心中，大自然一直是良師益友，創造大自然的上帝更是全能的神。入選二〇一〇年年度詩選的〈雨中靜思〉一詩，全是上帝賜予的靈感。記得那是一個悶熱的夏季午后，我專程到台大對面的校園書坊，為女兒語儂購買聖經，巧遇大雨，便躲進附近一家咖啡館，望著窗外滂沱大雨與撐傘趕路的行人，立即寫下此詩。〈不知隔了多久〉一詩，則是抒寫忙碌的現代人，包括我自己，渴望回歸田園，親近自然。此詩獲得一些共鳴，或許，藉著詩歌，喚醒大人們失落的天真和快樂。

第二輯「相對論」三十首，則是延續我從〈囚禁的陽光〉以來，從未停止的實驗性四行哲理詩創作，加上原本發表的五十二首，總共寫出八十二首〈相對論〉。蕭蕭老師在我的上一本詩集《午後淡水紅樓小坐》，所寫的序文裏，對相對論系列詩作的深入剖析與肯定，以及不少詩人、詩評家與讀者們對〈相對論〉的喜愛，鼓勵著我繼續挑戰此一短小精鍊的自創形式。我曾期許自己創作一百首相對論，不但在形式上，在內容上也要創新感人，隨著年歲閱歷增長，更具深度與廣度。

第三輯「當炸彈像大雨灑落」也是延續我長久以來對生長的土地以及對不斷遭逢天災、人禍，傷痕累累的地球真誠的關懷。美麗的故鄉雲林被六輕石化工廠嚴重汙染，令我沉痛寫下〈水稻的悲歌〉一詩。川震中為保護愛女犧牲性命的媽媽，深深感動同樣身為母親的我。日本東北強震後每一則感人新聞，也使我含淚記錄在災難中，人類和動物們互相扶持，平凡卻偉大的故事。〈當炸彈像大雨灑落〉一詩，則是取材自英文課本中一則關於戰爭，感人肺腑的選文。記得我與學生們在課堂上分享此一真實的故事時，大提琴溫暖的琴聲彷彿穿越時空，撫慰著前人，也撼動著後人。藝術的感染力果真驚人，無論音樂或詩。就像濟慈的名句：「A thing of beauty is a joy forever.」

第四輯「種樹」，其中種樹一詩記錄前輩詩人吳晟老師和師母，在家鄉辛勤種植小樹苗，而且感召周圍許多鄉親，一起種樹的故事。老師深愛土地，為故鄉無私奉獻的情操，令人敬佩。我的老師文曉村老師將一生奉獻給詩，總是默默鼓勵著我們，僅以安息一詩向老師致敬，獻上深深的感謝！

第五輯「披頭四與蘇打綠」，全是寫給家人的情詩。其中〈披頭四與蘇打綠〉和〈Skype〉二詩，都是因牽掛隻身留學英國的大女兒語軒，將思念之心化作詩歌，為那段離別的歲月留下寶貴記錄。二女兒語儂細心飼養的小松鼠意外去世，讓她非常傷心。當晚我立即寫下〈給親愛的小主人〉一詩，傳到她的email，希望小松鼠的告白，能安慰她悲痛的心。〈上山〉一詩，感謝當醫師的小弟忠仁在百忙之中，載著爸爸、媽媽和我們夫妻到貓空吃飯泡茶，一家人難得上山小聚，彷彿重溫童年的甜蜜。

第六輯「聖誕四重奏」中，像〈兩團火〉、〈煩惱〉、〈儀式〉，真實呈現內心脆弱一面。在人生的旅程中，難免遇到挫折失意，如儀式中的詩句：必要非必要／清醒或荒謬／巨大的虛無和陰影。面對困境，我學習以謙卑的心，向上帝禱告。

聖誕四重奏一詩，便是獻給上帝的詩。正如〈聖誕紅〉的第二節：轉角處／燃燒／團團救贖的火焰／／指引徬徨的眼睛／天堂的路。原來，回家的路就是尋找天堂的路，年復一年，藉著創作一首又一首的詩，我發現存在的價值，也終於找到心靈永恆的歸宿。

這本詩集的出版，非常感謝在百忙中仍抽空為我寫序的蕭蕭教授和洪淑苓教授。您們的熱心協助，美玲永遠感念在心。也深深感謝創世紀詩刊總編輯張默先生、乾坤詩刊林煥彰先生、秋水詩刊涂靜怡大姊、笠詩刊莫渝先生、葡萄園詩刊台客先生和臺時副刊主編黃耀寬先生，採用我的詩，且不時細心的指導和鼓勵。在創作的路上，您們的支持，就像溫暖的火把，陪伴我度過嚴寒的冬季，心中始終懷抱著希望，燃燒著創作的火苗，就像雪萊的詩句："If winter comes, can spring be far behind?"（冬天來了，春天還會遠嗎？）

提筆至此，想到我很喜歡一首古詩：吾家家住兩湖東，十二珠簾夕照紅。今日忽從江上望，始知家在畫圖中。一顆流浪多年的心，終於回家了，回首前塵往事，心中載滿濃濃的思念和深深的感恩。感謝所有耐心陪伴我走過每一個不同階段的家人、同事、學生和朋友們，因為有你們，才有這本濃縮真與愛的詩集，在我心深處，永遠珍藏的，不只是這七十六首詩，更是你們比春風和煦、比秋月溫柔的關懷與祝福。God bless you!

美玲二〇一一・八・六

讀詩人10　PG0712

終於找到回家的心
——曾美玲詩集

作　　者　曾美玲
責任編輯　黃姣潔
圖文排版　邱瀞誼
封面設計　蔡瑋中

出版策劃　釀出版
製作發行　秀威資訊科技股份有限公司
114 台北市內湖區瑞光路76巷65號1樓
電話：+886-2-2796-3638　傳真：+886-2-2796-1377
服務信箱：service@showwe.com.tw
http://www.showwe.com.tw
郵政劃撥　19563868　戶名：秀威資訊科技股份有限公司
展售門市　國家書店【松江門市】
104 台北市中山區松江路209號1樓
電話：+886-2-2518-0207　傳真：+886-2-2518-0778
網路訂購　秀威網路書店：http://www.bodbooks.com.tw
國家網路書店：http://www.govbooks.com.tw
法律顧問　毛國樑　律師
總 經 銷　聯合發行股份有限公司
231新北市新店區寶橋路235巷6弄6號4F
電話：+886-2-2917-8022　傳真：+886-2-2915-6275

出版日期　2012年2月　BOD一版
定　　價　230元

Printed in Taiwan

國家圖書館出版品預行編目

終於找到回家的心：曾美玲詩集 / 曾美玲著. -- 一版. --
臺北市：釀出版, 2012. 02
面； 公分. -- (讀詩人 ; PG0712)
BOD版
ISBN 978-986-6095-85-6(平裝)

851.486 100027998

讀者回函卡

感謝您購買本書，為提升服務品質，請填妥以下資料，將讀者回函卡直接寄回或傳真本公司，收到您的寶貴意見後，我們會收藏記錄及檢討，謝謝！

如您需要了解本公司最新出版書目、購書優惠或企劃活動，歡迎您上網查詢或下載相關資料：http:// www.showwe.com.tw

您購買的書名：______________________________

出生日期：________年________月________日

學歷：□高中（含）以下　□大專　□研究所（含）以上

職業：□製造業　□金融業　□資訊業　□軍警　□傳播業　□自由業

□服務業　□公務員　□教職　□學生　□家管　□其它______

購書地點：□網路書店　□實體書店　□書展　□郵購　□贈閱　□其他

您從何得知本書的消息？

□網路書店　□實體書店　□網路搜尋　□電子報　□書訊　□雜誌

□傳播媒體　□親友推薦　□網站推薦　□部落格　□其他__________

您對本書的評價：（請填代號　1.非常滿意　2.滿意　3.尚可　4.再改進）

封面設計____　版面編排____　內容____　文／譯筆____　價格____

讀完書後您覺得：

□很有收穫　□有收穫　□收穫不多　□沒收穫

對我們的建議：______________________________

____

____

____

請貼
郵票

11466
台北市內湖區瑞光路 76 巷 65 號 1 樓
秀威資訊科技股份有限公司 收
BOD 數位出版事業部

（請沿線對折寄回，謝謝！）

姓　名：＿＿＿＿＿＿＿＿ 年齡：＿＿＿＿ 性別：□女　□男

郵遞區號：□□□□□

地　址：＿＿＿＿＿＿＿＿＿＿＿＿＿＿＿＿

聯絡電話：(日)＿＿＿＿＿＿＿＿ (夜)＿＿＿＿＿＿＿＿

E-mail：＿＿＿＿＿＿＿＿＿＿＿＿＿＿＿＿